海を醒ます

川口真理句集

青磁社

目次

句集

海を醒ます

蝶の息

勾配を素足のゆきし春の雪

蝶々やあまたの傷を抱く家

夜をゆきし木のありにけり春ショール

落し角ここに昔の海の風

選択のひとつを捨てし風信子
のぞむなら蝶の息よりかるき弦

なのはなやモンドリアンの空深き

繙いていつか溺るる魚は氷に

家中の色みな古び鳥雲に

外電のしづかに流れヒヤシンス

鞦韆のひとつひとつの退路かな

柏餅さつと泣きたるあとの風

青磁社

上賀茂の小さき窓や文字涼し

遠き世のひろびろとある新茶かな

大き木の遠き洞なり夏の風邪

芒種なり棋士のひとりが窓開けて

物差しのつめたさ伏せし夏景色
平凡を静かにしまふ日焼の子

香水やゆつくり消えし娘の灯

『世界で一番美しい樹皮図鑑』

夏痩や樹皮は樹液を弾きつつ

次の間に乳房の映り日雷

娘らの旅の終りの金魚かな

どの道も大き巣をもち天の川

道と道しづかに別れ原爆忌

人の家のしづくのけはひ終戦日

少年を乗せて伸びけり盆の橋

木の葉から木の葉へ匂ふ秋祭

衣かつぎ百年前の雷を聞く

一枚のあとさきの死や赤のまま
こゑ湧かず露けき文字となりにけり

十月の朝の大きな星に濡れ
若き傘散らばつてゆく胡桃かな

捨案山子やがて小さき泉のかたち

こんなにもきれいな霧を出てゆくか

初雪や言葉持たざる目の並び

君たちの匂ふ坂道十二月

どの椅子も飛ぶ鳥待ちぬ久女の忌

兎の目母の裾野のひろびろと

初夢のそつとしておく大きな木

投了のきざしのかすかす実万両

夜の耳の深く澄みたる七日かな

詩の住まぬ椅子の寒さを思ひけり

冬かもめ日暮れの我の匂ひかな

歩きだす隣のひとや百千鳥

卒業の月の通りし理髪店

ショーケン

花冷えの時代の底を逝きにけり

物陰はひかりをあつめつばくらめ

喪の中の家族それぞれ夏支度

改元

再びは見えぬ波間や日雷

ゴリラ皆うつくしく佇ち更衣

時の日の櫂に力をあづけたる
苔の花港の水位あがりけり

発酵のゆつくりすすみ父の日か

急ぐ日の水底深き祭かな

化粧する指ひろびろと走り梅雨

傘さして背の濡れてをり茅舎の忌

針山の真中空きたる土用かな

いきいきと野菜の蔕や夕立雲

タクシーのうすき震動誘蛾灯

鳥たちにかなしみの部屋夏の暮

拾ひつつ棄ててゆく石天の川

爽涼の針のひかりの中にをり

教室にゐて教室とほき秋の声

鐘の音の間をはしり野分雲

とろろ汁髪を短く短くす

衣かつぎ海を揺さぶる浪の音

秋分の片手で鼻をかんでをり

新蕎麦の日かげの音をたてにけり

子供らのごつそり抜けし秋の闇

魂のあかるさ小鳥の重さかな

満月やみじろぎもせず大バケツ

十月の驟雨の中の一家族

蚯蚓鳴く天文学者闇仰ぎ

伏流の音の激しき赤い羽根

陽を負ひて老人来たり冬隣

それぞれの素足伸びけり冬ざるる

冬の水喪服まつすぐ佇ちにけり

木枯や真夜を生きぬき朝の死よ

ゆく道のきれいに掃かれ日短か

水湧の深き汀を急ぎけり

私淑とは四方にひろごる朝の霜
冬の月古きかばんのこゝろ澄みぬ

着ぶくれて晩年の母夫の母

空港のすみずみ乾くしぐれかな

地熱ふつふつと縕袍の頼りなく

鷹の目の雲鳴る方へ動きけり

一瞬をなだるる銀河冬の虫

雪に傘大きくひらき去年今年

隠し階段

春の鹿粗きひかりに佇ちにけり

うりずんや誰かソファーにこゑ沈め

月さしてさざなみの目の雛かな

三月や蛇口締めれば雨の音

春の蚊の春の魂へと降りにけり

学校のひきだしうすき鳥雲に

みちしるべはるかに浮きしさくらかな

読む部屋の真下の清《すが》し青き踏む

手が強く握る庖丁野焼あと

飽食のビルの放熱春の雲

午後深し片手で春の街写し

かきつばた四人の音のしづかなる

風を出てひとりとなりし初浴衣

まつさらな手から汚るる水すまし

洗ひ髪息をとめたる夜風かな

走り梅雨鏡閉ぢたる爪の音

星空の荷を積むこゑの涼しさよ

日雷錆びて回らぬ瓶の蓋

てのひらのどれも微笑や夜の秋

コロナ禍

透明な柱に凭れ夏休み

菊日和身を飾るにも身をよぢり

解くほどに紐失ひぬ秋の闇

芋虫の止まりさうなる時間かな

満月の発条《ばね》に身体を預けたる

一切の赤子のものが月の中

急く風の隠れてゐたり芒原

尖塔の真中ねむたし稲の花

虫の闇風に入る道見えてきし

席たてばひかりの動き秋深し

秋夕焼下りくる蜘蛛の重さかな

露浴びてその身そのまま明るくす

大阪　天神さん界隈　五句

翳大き木よりこぼるる秋の亀

小亀小亀蒼穹仰げひややかに

画材屋に天あるごとく秋の風

半分を閉ぢて灯るや秋祭

花鋏すうつと開く無月かな

繁昌亭

爽やかに淀川下る縁《えにし》かな

星屑は星屑のまま焼藷屋

煮凝りや再びといふことのなく

海中のごとく焚火や漱石忌

冬の日の抱き直されし赤子の瞳《め》

冬の鹿流離の息を重ねたり

北風や邪鬼の手足のやはらかき

低音の楽器泛きけり隼か

灯を消して背丈の透きししぐれ雲

新しき地図を棄てけり冬の虹

白長須鯨いま身をつつむものかるき

水涸るる音信月に吹かれたり

その後を深くねむりし白ショール

凍蝶の色に振り向き去年今年

逢ふまでを人は歩めりいかのぼり
一歩づつ離れてゆきぬ春焚火

いちにちの真中をよぎり春の蛇

白鷺のしづかに佇ちぬ入学す

テロップの荒涼桜餅少し
筆圧のしだいに強き素足かな

樹をのぼる風を見てをりサンドレス

ふたりして金魚の風のくらがりへ

涼しさを拒みてゐたる微笑かな

ゆきずりの時間を弾き白日傘

深く濃く忘れてゆきぬ祭笛

極まればしづけさとなり夏の雨

号泣のはるかなれども蟬の羽化
夏の露その一すぢを共にせり

二百十日窓なき町を歩きけり

チョコレート芯までかたきいなびかり

長き長き隠し階段鳳仙花

黒葡萄身にはりつめしものを脱ぎ

星祭疲れてゐたる指のあと

残る蟬視力表から冷えてきし

秋彼岸若木ばかりの中にをり

あきつ湧くそこから先へ呼ばれをり

思はるるごとくにねむり二十三夜月

虫のこゑ四肢のもつとも尖るとき

ほとばしることの一瞬雁渡し

雑踏の風となりけり秋景色

石叩机の上の手首冷え

長引くコロナ禍の中
しらぬまに点景となり月の下

わがための席ひとつあり白粉花
霜降のしづく曳きゆく娘かな

一葉忌小鳥ののどの渇きをり

冬林檎天文台を宿として

地震かすか朝の落葉の澄みにけり

白鳥来電話のこゑに日の当たり

賀状書く一木一木高くあり

十二月横切るものを通しけり

冬景色待たれて手套嵌めにけり

肩しづく風へと払ひ聖夜かな

街の扉の大きく開き雪もよひ

錆びきつて鉄のやはらか冬の雷

冬たんぽぽ足音の芯の残りたる

父のほか誰も見えざる冬の園

灯の影の音となりけりぼたん雪

身に点す露のありけり去年今年

月恋ふこころ

ひとひらの身体をたたみ春の夢

黄水仙遠き記憶の新しく

うららかや涙触れ合ふことのなく

春菊の息から透きてゆきし朝

鳥の恋拝みたる掌の力抜き

どの家も日に疲れたり万愚節

寄居虫やそつと心のくつがへる

騒がしき蜜の匂ひや四月尽

眩しさの果てに佇ちけり春の母

おのづから自画像となり若葉雨

ひとすぢのひかりが鳴らし鉄風鈴

本読むに苺数粒夜の潮

一念にかすかに動き柚子の花

ウクライナから大阪へ

魂は魂として国去らむ

南極のひつそり沈む夏の闇

音楽に映りし雨や更衣

永遠の距離のありけりあやめ草

蛍の終のひかりの弾き合ふ

グラジオラス心乾きてゆくを待つ

切りたての荒さ夏菊も黒髪も

ひとりづつ陽に透きてをり夏休み

雷短か触るるものから消えてゆき

一輪に棘みつしりと夏休み

永劫の強さを恃み立葵

押し寄せしものへ鋏や土用入

巴旦杏ほつるるものをほつれさせ

青柿やのぼりつづける子等の影

午後からはいづこも汚れ胡瓜もみ

滴りやいのち果てたるもの流し

炎熱やまどろみやすきシャボンの香

一群の娘の踏みし西日濃く

玄関に玄関の闇蟬しぐれ

落蟬の月恋ふこころありにけり

扉開き刻々人を待つ白雨

降りしきる晩夏の朝を深く吸ふ

水奪ひ合ふ星かもしれず夜の秋

八朔の魚の囁き流れくる

夕焼の大地をひろげ獺祭忌

荻の風日向にひとを見失ふ

満月のかたきひかりを曳きし家

水風呂の水のあかるさ盆用意

落とされし鈴の音昏き秋祭

葉鶏頭いちどきりなる衿汚れ

新月やいつも玉虫追ひし子よ

秋渇き扇の風の中の国

十六夜やはかなきもののなきごとく

星月夜鏡の中の身を躱す

初潮やまづ人肌のかがやきぬ

おほよそは風に咲く花九月尽
どこからか鳥の流るる秋の昼

掃く音と掃かるる音と秋深き

鳥渡るうなじの上の髪蒼む

芋虫や身につつみたる暁の夢

かすかなる氷片鷹の渡りけり

十月やはらりと冷えし宇宙服

鶴来る読まれて文字のしづまりぬ

ひややかに雨の真珠を外したり

〝秋風が…田島風亜句集〟

月明の見えざる神へ還りけり

訥訥とひとあつまれば秋白き

陽に透けし大きな薬缶穴まどひ

指先へ息のあふるる冬に入る

「野ざらし紀行図巻」

父の記し英詩一節雪の空

蟷螂の冬日のあれば冬日見し

汗ぬぐふさみしさポインセチアかな

冬の水うしろから来る娘の目

金柑を煮つめてゐたるあうらかな

十二月異国の黒のうつくしき
ポケットのこんなにぬくき菊枯れて

ととのへて少し歪みぬ雪だるま

竜の玉くもり硝子のねむくなる

妹

寒の花流るるときの濃かりけり

夫の忌日

どの窓も深く覚めけり冬のいろ

一身のふいに素の色冬霞

裕明忌

遠きゆゑ冬いかづちのまつすぐに

いつの間に坂道となり冬深む

日短かなまあたたかき息湧きぬ

友岡子郷先生長逝

落葉透く心もつとも翳るとき

継がれたる凍の古書肆の『櫻姫譚』

光らざる星々匂ふ厄落とし

気性

針匂ふ雪解雫の濃き昼は
弦切れて音みな消えし春の雪

おのづから椅子は遙かへ春の風

山葵かぐ尿意さみしと思ひけり

清明のむかしの電話鳴りにけり

伏せてのち漏るるひかりや春の夢

切り口に切れ味透けし夕永し

放心のまなぶたの美し猫の恋

母ねむり娘ねむりぬ蜷の道

花守の耳の深くのけぶりたる

蝌蚪生るる身をすすぐものみな乾き

やどかりの小さき殻に文ひらく

花を食ぶ図鑑の深く深くへと

見つめゐてしだいに若し春の鴨

切っ先の風に吹かるる春日傘

びしょ濡れの家の近づくエイプリルフール

花杏触るることなくこはれたり
われもまたこぼれゆくもの四月の木

三鬼の忌地球のどこか雨季に入り

すみずみに気性の通ひ桐の花

本の名のかがやきはじめ卯月野へ

青葉木菟身のひとすぢを重ねたり

夏服の箒目深くありにけり

鉄線の汚れてゆきしこと知らず

黴の世の大きな月となつてきし

大阪の深き翳より合歓の花

鉱石にうすき花の香梅雨深む

ひとつ家の夏蝶照らす窓あまた

その辺り土用の息の継ぐところ

月迅し火蛾のまなこのひえびえと

海風の海醒ましゆき蟻地獄

しまふたび鍵のとけゆく雲の峰

著者略歴

川口真理（かわぐち・まり）

昭和三十六年　兵庫県神戸市生まれ
平成十三年　「ゆう」入会　田中裕明に師事
平成十七年　第十九回俳壇賞受賞
「ゆう」閉会
後、中嶋鬼谷代表「雁坂」大牧広主宰「港」を経る
平成二十六年　第一句集「双眸」上梓
平成二十九年　「港」退会
平成三十一年　四月、同人誌「禾」を中嶋鬼谷を代表とし、折井紀衣と共に三人で創刊。
令和二年　九月、「禾」に藤田真一が同人として参加、現在に到る。

令和五年九月十四日　第一版第一刷発行

句集　海を醒ます

著者＝川口真理　豊中市石橋麻田町六－一六（〒五六〇－〇〇四二）＊発行者＝永田淳＊発行所＝青磁社　京都市北区上賀茂豊田町四〇－一（〒六〇三－八〇四五）／電話〇七五－七〇五－二八三八／振替〇〇九四〇－二－一二四二二四／https://seijisya.com/＊印刷＝創栄図書印刷＊製本＝新生製本＊定価一八〇〇円　ISBN978-4-86198-570-6 C0092 ¥1800E